都市实用插花系列

FASHION FLOWER

时尚花艺
手捧花
SHOUPENGHUA

绿韵园林绿化工程有限公司花艺部 著

辽宁科学技术出版社
·沈阳·

前言 FOREWORD

FOREWORD

　　花，是自然界的产物，也是美丽的化身，或温馨、典雅，或浓烈、芳香，或娇嫩、绚丽，从古至今都为无数爱花人所珍爱。用芳香传递情感，用婀娜的舞姿欢朋送友，用娇艳欲滴的柔情寄托祝福，这是花与生俱来的使命。随着社会的发展和人们对美的不断追求，人们对花艺的欣赏水平也越来越高，如何使天生本就娇艳的鲜花更加璀璨夺目，成为花艺设计者永远追求的目标。

　　本套图书经精心策划，在作品的创作与选择上都以当今社会花艺发展的市场前景和花艺造型最新的时尚潮流为出发点，全面阐述了各种场合下的花艺制作方法，包括花束设计包装，家居及壁挂花艺插花，酒店大堂、客房、餐会、节日插花实例，礼品果篮设计、综合性大型花篮的制作等。每个章节都经潜心创作，从花艺基础理论知识的剖析到花艺人员基本技术水平的实例操作、中高级花艺水平的提高案例、艺术创意的完美欣赏，都充分考虑了图书的实用性，满足了各层次花艺爱好者以及专业学习者和从业者的切身需求。

　　本套图书共分为五册，《时尚花艺——干花》包括干花基础知识介绍，所涉及的各种花艺造型适合多种家居和商务场合的摆放；《时尚花艺——手捧花》主要以不同特色的内外层包装为基本出发点，包括日常社交生活中的赠送花束包装、果篮用包装；《时尚花艺——初级插花》融合了现代东西方的插花形式，从实用角度出发，以插花基本理论中的创意、意境、韵律、色彩、组合为原则，以盆插花与瓶插花为辅，同时展现了东西方花艺的不同特点；《时尚花艺——中高级插花》以提高花艺创作的水平为根本，包括了花艺设计的技巧与形式，以及各种场合下的大型商务用花和家庭用花；《时尚花艺——婚庆花》介绍了各种婚车花艺设计与造型，婚庆宴会布置，新人佩花中的胸花、肩花、腕花等花艺设计。

　　整套图书包括数百实例，以条理分明、图文并茂的形式对作品进行了演示，扎根基础，力求创新，追求时尚，迎合实用，是各类花艺爱好者和专业从业者值得参考和学习的优秀丛书，为解决疑难问题，每册丛书都配有教学光盘，易学易懂。

目录

CONTENTS

工具及配饰
GONGJUJIPEISHI

从左到右依次是：美工刀　吸盘　订书器　剪刀　中国结

从左到右依次是：丝链　金色扎带　银色扎带　胶座　手捧花手柄　绿色胶带　缎带　银线带

从左到右依次是：纱网　喷壶

丝带　彩带　手柄　棉带　带针珠子
双面胶　胶枪

巴西叶　　　春兰叶　　　灯苔　　　多头康乃馨

粉玫瑰　　　富贵竹　　　红玫瑰　　　花边康乃馨

黄百合　　　黄剑叶　　　黄玫瑰　　　黄莺

剑兰　　　康乃馨　　　龙竹　　　绿剑叶

满天星　　　　情人草　　　　情人梅　　　　蛇鞭菊

水晶草　　　　水仙百合　　　　唐棉果　　　　天门冬

跳舞兰　　　　勿忘我　　　　西伯利亚百合　　　相思梅

香槟玫瑰　　　　香水百合　　　　小雏菊　　　　小鸟

缎带、花结设计
DUANDAIHUAJIESHEJI

小蔷薇　　　洋桔梗　　　洋兰　　　紫色勿忘我

缎带、花结设计一

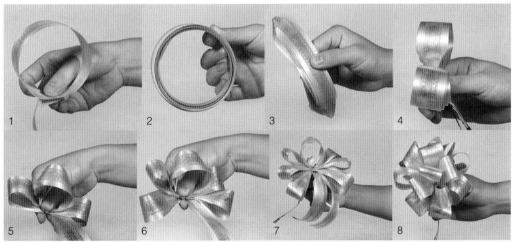

1. 将丝带的一端绕一圈。
2. 重复上面的动作，使作品有层次感。
3. 将丝带捏平，用剪刀剪出四个斜边。
4. 用银色扎带沿中心绑紧。
5. 在食指和拇指交会处扭转，将丝带正面扭出来，在第一个圈的一边，再绕一圈。
6. 重复上一步的动作，增加层次感。
7. 重复上一步的动作，使作品更加丰满，用扎带从中心穿过并绑紧，剪开丝带尾部分成两条，完成法式花结。
8. 把丝带翻开，调整造型。

缎带、花结设计二

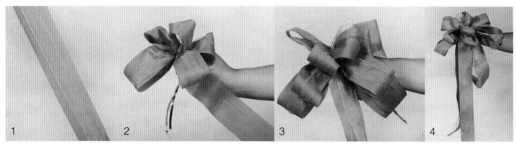

1. 在紫色缎带上固定好一条紫色丝带。
2. 将丝带的一端绕一圈作中心点，在食指和拇指交会处扭转，将丝带正面扭出来，在第一个圈的一边再绕一圈。
3. 重复上一步的动作，增加层次感。
4. 同样在中心结合点处扭转，将下面翻上来再绕圈，每次在中心处都要扭转一次。重复上一步的动作，使作品更加丰满，用铁丝或者丝带从中心的圈穿过并绑紧，剪开丝带尾部分成两条，作品完成。

缎带、花结设计三

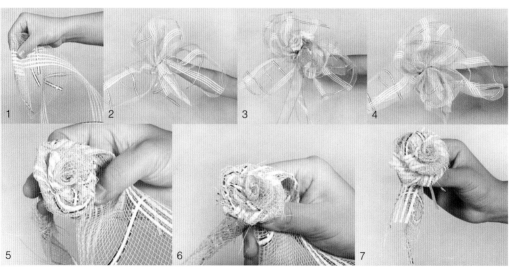

1. 将韩纱叠双层，从一端往另一端卷。
2. 将两张韩纱上下叠加，用丝带系好。
3. 用同样的方式再打两个不同颜色的玫瑰花，系好即可。
4. 补入第3块韩纱系好。
5. 不断卷紧到纱的尾部。
6. 不断打卷，使之成为花的形状。
7. 用绳子系上，固定好。

花束设计基础知识
HUASHUSHEJIJICHUZHISHI

一、花束包装材料及其分类

包装材料

花束包装在材料的选择上多种多样，要根据花束包装的特点选择适合的包装材料。一般而言，常用的有塑料纸、彩纸、手揉纸、皱纹纸、云丝纸、地图纸、英文报纸、绵纸、不织布等。

分类

包装是衬托花束的外在表现，其种类诸多，我们根据花束包装的目的将其分为简单包装和复杂包装。简单包装不需要考虑修饰和衬托花的美丽造型，主要以保护花草本身为目的，包装具有随意性；复杂包装，以体现花束的整体效果为目的，必须注意与花束的造型、色彩相搭配及比例协调等原侧。从形式上花束包装又可分为单枝包、多枝包、圆形包、扇形包、韩式包、卡通娃娃包等多种形式。

二、花束包装技巧

花材选择

花束包装对花材的选择是十分重要的，不同的用途需要不同的花材去支撑，也会产生不同的效果。对花材的选择可以从三方面考虑：主题花材、美观花材和陪衬花材。每种花材都有自己独特的花语，根据环境适当地去选择才能达到应有的效果。它们相互之间的关系有时会转换。

其一，要明确用途，制定主题花材。知道花束是干什么用的。其二，讲究效果，安排美观花材。采用美观花材是为了让花束具有良好的观赏性。有些花束的用途是为了烘托气氛，也有些花材属中性，没有特定的花材要求，此时只需选择美观的花材即可。其三，追求时尚完美，合理搭配陪衬花材。

包装手法

包装手法既简单又复杂，从理论上讲并没有固定形式，但要根据不同的花材、花色选择合适的方法。比如百合与马蹄莲，众所周知，百合的欣赏位置主要是花朵，而马蹄莲从上到下都是美的体现，因此在包装的时候，马蹄莲包装要简单，很可能用一片绸缎或是植物叶子就可以包装好，尽可能展现出花本身所有的美感；而百合包装的时候茎和叶子都可以完全地包装起来，只露出花朵。

除此之外，选择包装手法时，还要考虑花束使用的场合、季节以及价格等因素。

色彩搭配

色彩搭配分为单一色、双色、双色对比等。但从审美的角度看，在花束包装上单一色比较单调，没有明确的层次感，多色对比又比较花哨。

1. 在特色鲜明的颜色对比中，选择黑色与白色进行花束包装时最应注意。黑色与白色也称之为无彩色，无彩色与有彩色进行有机搭配较为合理，同时富有层次感和时代感，如黑与红、白与紫。

2. 同种色的搭配，就是不同颜色明度之下的对比，也称之为姐妹色组合。例如，橙色与咖啡色，两者对比，效果统一而和谐、含蓄而雅致，这样的配色只要注意明度差，就不会轻易配错。

3. 补色对比的搭配，这种颜色的搭配属于强对比色。比如黄色与紫色、橙色与蓝色等，对比效果较为强烈，视觉冲击力强，因此在包装搭配过程中要特别注意。如果搭配不好会适得其反，给人以不协调的感觉。

4. 其次，按照送花对象的不同年龄、不同性别、不同文化程度，花束的色彩也是有一定讲究的。送年轻人用浅蓝、浅紫、淡紫、淡绿等；送中年人多用深绿、咖啡、深蓝等；送老年人易用对比较大的颜色。

三、花束包装注意事项

符合顾客的要求

在进行花束包装的过程中，不仅要考虑满足顾客的要求，同

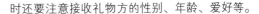

时还要注意接收礼物方的性别、年龄、爱好等。

在包装前应先了解顾客送花的目的，是祝贺用、表达爱意用，还是看望病人，不同情况要选择不同的包装形式。

不能只限制在自己熟练的包装方式上，要选择符合流行趋势的包装方法，并且努力在此基础上进行创新包装。

四、花束保养

花束在无水情况下自身只能维持几个小时，花艺制作者在花束包装过程中应充分考虑这一点，在花束的手柄位置加入脱脂棉用来吸水，因为手柄是诸多花梗汇集之处，再包一层塑料纸用以防止漏水，待鲜花包装好后再加入适当水分。

同时注意提醒顾客回到家中及时将鲜花插在适当的花瓶中，将底部位置用剪刀剪开，使水分直接渗入。

单枝花束包装

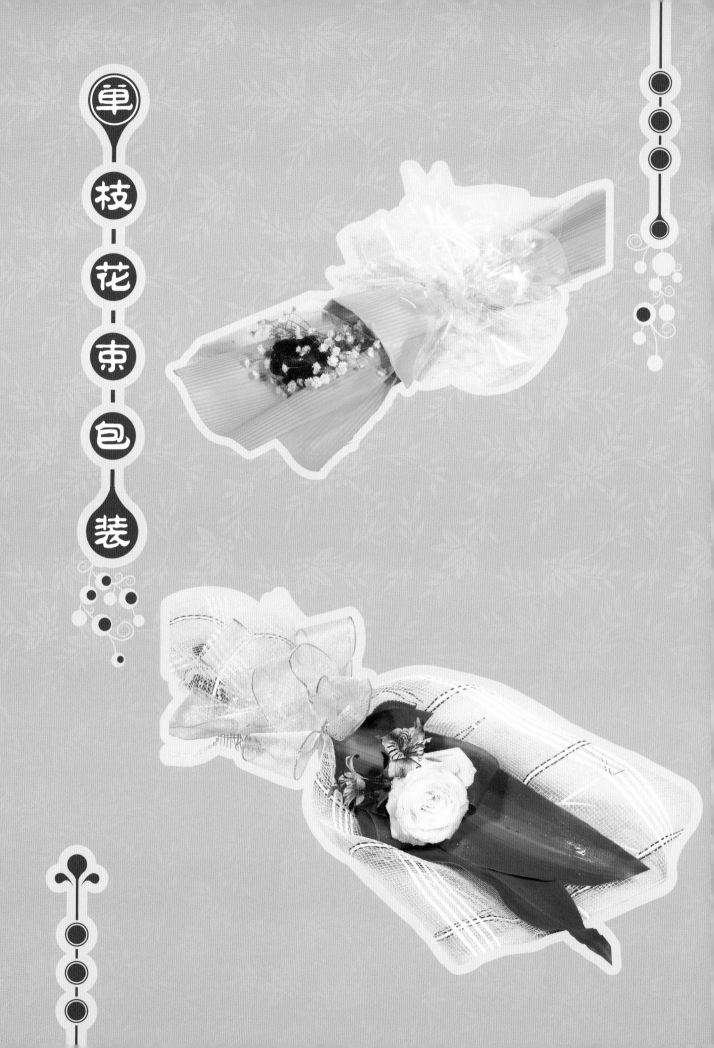

花材

春兰叶　黄玫瑰
叶上黄金

步骤

① 将黄玫瑰、叶上黄金相互搭配组成花束。

② 将春兰叶加在花束中作修饰。

③ 先用瓦楞纸包装花束。

④ 再用玻璃纸包装整个花束。

⑤ 最后系上蝴蝶结。

花材

满天星　蓝色妖姬

步骤

① 蓝色妖姬与满天星相互配合组成花束。

② 在花束上选用蓝色瓦楞纸打底固定。

③ 外层覆盖一张透明玻璃纸。

④ 在花束前面的适当位置上再裹上半张瓦楞纸。

⑤ 用玻璃纸做成花结装饰在花束上。

⑥ 作品完成。

① 将白玫瑰、水仙百合、巴西叶相互搭配组成一束。

② 在后端加入巴西叶作点缀。

③ 用白色韩纱作为外包装。

④ 系上金黄色丝带做成的花结，作品完成。

花材

白玫瑰　水仙百合
巴西叶

花材

春兰叶　白玫瑰
洋桔梗　黄莺

步骤

① 将黄莺、春兰叶、洋桔梗、白玫瑰协调搭配组成一束，注意层次搭配。

② 先在花束周围用韩纱包装，并用珍珠链点缀；再在外层包上玻璃纸，最后用麻绳扎紧，同时用作装饰。

③ 花结加一块韩纱，作品完成。

花材

菊花　满天星
黄莺

步骤

① 用一朵菊花和黄莺搭配组成花束。

② 在花束周围依次加入满天星点缀。

③ 用白色粗纱包装。

④ 加一层透明玻璃纸做外层包装。

⑤ 最后系上白色粗纱花结，作品完成。

多枝花束包装

倾听花言花语:

剑兰 (Gladiolus)

种类: 莒蒲科

别名: 唐菖蒲、荷兰菖蒲。

名字的由来，是因为其叶片形状与剑相似，而拉丁语中的剑即是 GLADIOUS。花朵顺势地长在长长茎干的上端，原产地在地中海沿岸及南非。

特征: 露色花苞较多，下部有 1~2 朵花开放，花穗无干尖、发黄、弯曲现象。

象征意: 用心，执著，步步高升。

此作品由"绿，韵意人生"设计

花材

剑兰　金鱼草
黄剑叶

① 用几枝剑兰组成一束。

② 加入金鱼草、黄剑叶，用玻璃纸作修饰。

③ 继续加入金鱼草、黄剑叶，注意层次搭配，花束根部用绿色玻璃纸包好，用以保湿。

④ 用粉色硬纸包装花束，然后以粉色粗纱修饰下端收尾处。

居室养花禁忌一：

在室内养花是有很多学问的，有些花对健康有影响，是要注意的。

兰花：它的香气会引起失眠。

紫荆花：它的花粉会诱发哮喘或使咳嗽加重。

含羞草：它的体内含草碱，易使毛发脱落。

⑤ 最后系上花结，作品完成。

花材

春兰叶　小雏菊

① 先用小雏菊组成一个小花束。

② 按层次继续加入小雏菊。

③ 加入春兰叶作修饰。

④ 内层用透明玻璃纸包装花束。

⑤ 加一层英文报纸，增加包装层次。

⑥ 系上米黄色花结，作品完成。

步骤

① 将白玫瑰、黄莺、洋桔梗组成一束，注意层次搭配。

② 在后端加入春兰叶作点缀。

③ 用英文报纸和透明玻璃纸包装整个花束，注意层次的协调性。

④ 系上花结，作品完成。

韩式花束包装

花材

黄剑叶　彩玫瑰
春兰叶　黄莺

步骤

① 将彩玫瑰用金色丝带独立包装。

② 加入黄莺和黄剑叶，注意结构与造型的搭配。

③ 加入春兰叶进行修饰，并用透明胶带扎紧。

④ 用瓦楞纸包装花束。

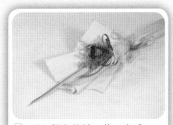

⑤ 系上粉色花结，作品完成。

此作品由"绿，韵意人生"设计

倾听花言花语:

菊花花语
菊花：清净、高洁、我爱你、真情
翠菊：追想、可靠的爱情、请相信我
春菊：为爱情占卜
冬菊：别离
法国小菊：忍耐
瓜叶菊：快乐
波斯菊：野性美
大波斯菊：少女纯情
万寿菊：友情
矢车菊：纤细、优雅
麦杆菊：永恒的记忆、刻画在心
鳞托菊：永远的爱

花材

水仙百合　太阳菊
黄剑叶

步骤

① 用绵纸将四朵太阳菊包成一束。

② 如上操作，依次添加太阳菊后用淡黄色绵纸作修饰。

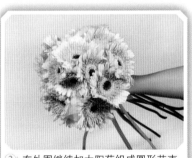

③ 在外围继续加太阳菊组成圆形花束。

④ 加一圈水仙百合，增添花束内容。

⑤ 用玻璃纸包装花梗用以保湿，花束上方用黄剑叶编成网格结构，用以点缀作品。

⑥ 用绵纸与英文报纸包装整束花，将黄剑叶做成的花结用金色扎带固定在花束包装上，作品完成。

红玫瑰: 洛阳牡丹的一个品种,
葡花形, 花蕾圆尖形。红玫瑰代表
热情, 深爱。

花朵的寓意

1 朵: 你是我的唯一
2 朵: 世界上只有你和我
3 朵: I LOVE YOU
4 朵: 誓言、承诺
5 朵: 无悔
6 朵: 顺利
7 朵: 喜相逢
8 朵: 弥补
9 朵: 长相守、坚定
10 朵: 十全十美
11 朵: 一心一意的爱
12 朵: 全部的爱
13 朵: 暗恋
14 朵: 骄傲
15 朵: 守住你的人

此作品由"绿,韵意人生"设计

黄剑叶　粉玫瑰
水晶草　红玫瑰
相思豆　巴西叶

步骤

① 以三朵粉玫瑰为中心，加入水晶草
组成一束。

② 在外层再加一圈粉玫瑰。

③ 在外围加一圈巴西叶，进行修饰。

④ 加一圈水晶草，注意层次搭配。

⑤ 加入一圈大红玫瑰与相思豆，将黄
剑叶以灯笼式扎在上方，用玻璃纸
包住花梗，用以保湿。

⑥ 用透明玻璃纸和雪花纱包
装整束花，作品完成。

深水急救法。鲜花垂头时，可剪去花枝末端一小段，再放到盛满冷水的容器中，仅留花头露于水面，经1～2小时，花枝就会"苏醒"过来。此法对草本、木本花卉均适用。

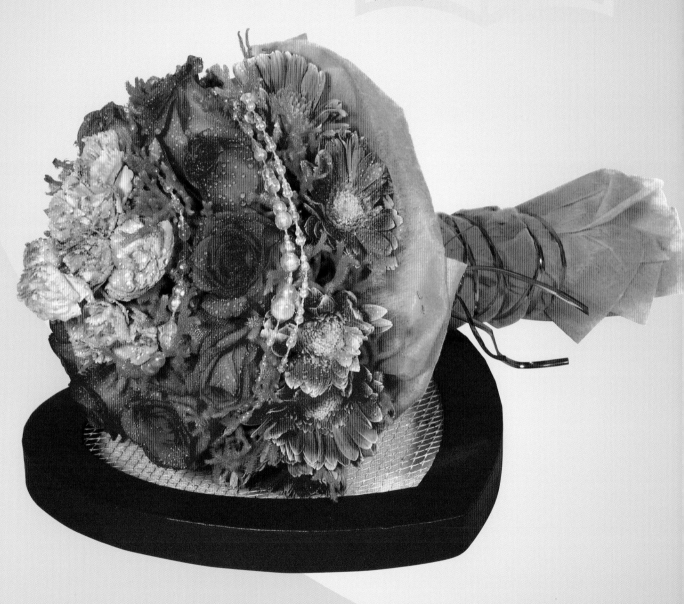

此作品由"绿，韵意人生"设计

花材

粉玫瑰　西草
多头康乃馨
太阳菊

① 用几朵多头康乃馨组成一束。

③ 加一圈粉玫瑰，使花束更加饱满。

⑤ 外围加入一圈太阳菊。

⑦ 用金色扎带从下至上缠绕，系上花结，用珠链绕粉玫瑰一圈，以作修饰，作品完成。

② 在外围加上西草。

④ 用西草作修饰。

⑥ 用绵纸包装整个花束。

康乃馨，又名香石竹。其中大红和桃红的康乃馨是结婚用花销量最大的花卉之一，前者花意为女性之爱，后者花意为不求代价的爱，一般常用于新娘捧花、新娘胸花、婚礼花篮、花车等。

此作品由"绿，韵意人生"设计

花材

花边康乃馨　红色康乃馨　粉色康乃馨巴西叶　满天星黄剑叶

步骤

① 用七朵花边康乃馨组成一小束。

② 分别用两种不同颜色的康乃馨包装成小花束。

③ 将巴西叶加入小花束，注意它们之间的层次搭配。

④ 做与前面一步同样的花边康乃馨花束、红色康乃馨花束，将三种花束组合在一起，同时添加满天星，并将黄剑叶做成心形装饰在花束上，注意它们之间的层次搭配。

⑤ 先用粉色瓦楞纸作圆形包装。

⑥ 外围用粉色纱包裹，并用金色扎带系好，打上花结，作品完成。

花材
彩玫瑰　黄莺
石竹梅　多头康
乃馨

步骤

① 用彩玫瑰、黄莺组成一束。

② 用彩玫瑰和黄莺呈阶梯状分层次地组成一个小花束。

③ 顶部加入石竹梅、多头康乃馨作点缀，注意层次搭配。

④ 用玻璃纸作外包装，系上花结，作品完成。

花材

香槟玫瑰　多头
康乃馨　粉玫瑰
西草

步骤

① 以香槟玫瑰为中心，在花朵周围添加西草，组成一束。

② 将西草、香槟玫瑰、多头康乃馨、粉玫瑰呈螺旋式加入，注意在玫瑰层中加西草。

③ 用金色丝带包装好花杆，并用金色扎带扎紧。

④ 用金色丝带做好花结，并用金扎固定在花束上。

扇形花束包装

花材　蓝色妖姬
勿忘我　西草

步骤

① 以三朵蓝色妖姬为主花和勿忘我、西草组成一束。

② 继续加入蓝色妖姬和西草。

③ 继续加入蓝色妖姬、西草、勿忘我，要使花型之间分布均匀。

④ 把蓝色硬纸平放在桌面上，并用银色丝带沿纸边进行修饰，用金色扎带扎紧。

⑤ 把蓝色纸折叠平放在桌面上，并用粗纱收尾包装好。

⑥ 用银色丝带扎上蝴蝶结，作品完成。

花材

黄莺　满天星　西伯
利亚百合　香水百合
散尾　巴西叶

步骤

① 以两朵西伯利亚百合为中心，加入巴西叶进行修饰。

② 加入黄莺、巴西叶、西伯利亚百合，注意层次搭配。

③ 再依次添加散尾、香水百合和满天星点缀。

④ 用蓝色和粉色硬纸包装花束。

⑤ 用紫色粗纱修饰下端收尾处，系上粉色花结，作品完成。

花材

满天星　菊花
巴西叶　散尾

1. 将巴西叶与菊花组成一束。

2. 加入满天星及另两朵菊花。

3. 呈阶梯形加入满天星与菊花，并以巴西叶分明层次。

4. 在花束的顶部加入两片散尾叶。

5. 用咖啡色硬纸与浅紫色绵纸为底，包装好花束。

6. 用一张黄色绵纸及半张咖啡色的硬纸裹底。

7. 用黄色绵纸做成花结，并装饰在花束上，作品完成。

扇形花束

花色诗语：

　　西伯利亚百合，花轻风似水，花色如银。百合花中骄傲的公主，高贵、纯洁、美丽，似来自仙园的使者，不沾一丝凡尘；轻柔的夜色下，西伯利亚百合花的花香弥漫了小屋，弥漫了静夜，月光，仿佛也融入在了花香之中；梦，似乎也有花香在弥漫。

此作品由"绿，韵意人生"设计

步骤

① 以西伯利亚百合为中心，加入巴西叶组成一束。

② 加入绿剑叶和黄莺，继续补充西伯利亚百合。

③ 在作品中添加几枝小鸟，并将黄莺点缀在花束外层。

④ 加入绿剑叶作造型。

⑤ 用硬纸包装整个花束。

⑥ 系上花结，作品完成。

花艺师语录：

为了保障花束的欣赏效果，延长花期，可对其进行保湿处置，即在花束的基部切割处，用厚纸或蜡纸、塑料膜等裹住，再包上锡纸。花束的包装可用花袋、僧龙纱或亚夏布等，捏把上端可扎上丝带或蝴蝶结。

此作品由"绿，韵意人生"设计

步骤

① 将龟背叶和黄莺组成一束。

② 把相思豆和红玫瑰呈扇形加入，注意层次搭配。

③ 再将红玫瑰与黄莺交错搭配，补充在花束中。

④ 继续把黄莺、相思豆和红玫瑰呈扇形加入，并用胶带绑紧。

⑤ 将龟背叶顺次加在作品周围，保持扇形结构。

⑥ 将花束底部剪齐，用玻璃纸包好并用胶带绑紧，用以保湿；把两张硬纸和地图纸平放，将花束置于上面，由外向内扎紧。

⑦ 外围再包一层地图纸，打上花结，作品完成。

倾听花言花语：

黄莺，又称"黄莺草"、"麒麟草"或"幸福草"，是菊科一枝花属植物，原产地北美，属于多年生植物，具有极强的繁殖能力和快速占领空间的能力。叶绿，花黄，花含苞，花穗饱满，茎挺直，叶新鲜不干，不萎软。象征了一种幸福的含义。

花材 巴西叶 水竹叶 黄色康乃馨 红色康乃馨 散尾 黄莺

步骤

① 用红色康乃馨与黄莺在巴西叶的修饰下组成一束。

② 重复上一步的动作，逐层添加巴西叶与康乃馨，注意层次搭配。

③ 在花束中加入几朵黄色康乃馨，同时以黄莺作点缀。

④ 加入水竹叶和散尾，用玻璃纸包住花梗，用以保湿。

⑤ 将水竹叶弯曲造型后添加在作品底部，增添花束新意。

⑥ 用白色和红色硬纸包装花束。

⑦ 用麻绳做成花结扎在适当位置，并用巴西叶和红色康乃馨进行装饰，作品完成。

倾听花言花语:

香水百合，别名卡萨布兰卡或天上
百合。原产地为喜马拉雅山区。西方人以
百合为圣洁象征；东方人视百合为吉祥之
花，具有百年好合之含意，有深深祝福的
意义。香水百合用来送给心仪的女子，因
此香水百合的花语是：爱到永远；伟大而
纯洁的爱。

此作品由"绿，韵意人生"设计

花材

巴西叶　粉玫瑰
睡莲　香水百合
黄莺

居室养花禁忌二:

以下花也不适合在居室摆放。

月季花: 它的浓郁香味会使一些人产生胸闷不适。

百合花: 它的香味也会使人中枢神经过度兴奋而引起失眠。

夜来香: 它的香气会使高血压和心脏病患者感到头晕目眩、胸闷不适。

步骤

① 以香水百合为中心,加入巴西叶和黄莺。

② 在小花束外层加入粉玫瑰,并保持一定层次性。

③ 层次均衡地加入睡莲,同时以黄莺和巴西叶作修饰,注意层次搭配。

④ 内层用蓝色瓦楞纸作衬托,外层用粉红硬纸包装花束。

⑤ 用绿色瓦楞纸修饰下端收尾处。

⑥ 系上花结,作品完成。

倾听花言花语:

勿忘我：花多色正，成熟度好，不过嫩，叶片浓绿不发黄，枝秆挺实，分枝多，无盲枝，上面有白色小花更佳。象征：永恒的爱，浓情厚谊，永不变的心。

花材 康乃馨 巴西叶
香水百合 西草
勿忘我

步骤

① 以香水百合为中心，加入巴西叶组成一花束。

② 呈"一"字形并排加入香水百合，并添加弯曲造型的巴西叶。

③ 加入红色康乃馨、西草与巴西叶。

④ 重复上一步的动作，数量依次减少。

⑤ 加入勿忘我，注意层次搭配。

⑥ 用瓦楞纸和硬纸包装整个花束。

⑦ 用裙边纸打成小卷点缀，并用绵纸修饰下端收尾处，系上花结，作品完成。

百合，花色：金、粉、白

赠送宜忌：赠恋人、情人宜用白色系列；赠朋友宜用粉色系列；赠长辈宜用金色系列；贺喜宜用白色百合点缀红色玫瑰，取百年好合之意。

康乃馨，花色：红、粉、白

赠送宜忌：赠母亲宜用红色、粉色系列；赠朋友宜用粉色、白色系列；赠长辈宜用红色系列；忌送男性，以免误认为说他幼稚。

此作品由"绿，韵意人生"设计

花材

康乃馨　黄莺
香水百合　黄剑叶
绿剑叶

步骤

① 以香水百合为主花呈阶梯状用
黄剑叶作修饰组成一束。

② 把康乃馨和黄莺呈阶梯形加入，
将康乃馨包装一层玻璃纸作修饰。

③ 继续逐层添加绿剑叶和康乃馨，
保持一定的阶梯造型。

④ 用黄剑叶做四个小心形和绿剑
叶加入作修饰。

⑤ 将一大一小的粉色和黄色
硬纸包在花束后面，底部
用绿色玻璃纸包好，前面
用粉色绵纸作修饰。

⑥ 用粉色绵纸扎成花结作修
饰。

睡莲,别名子午莲或水芹莲。多年生水生花卉。根状茎,粗短。叶丛生,具细长叶柄,浮于水面,纸质或近革质,近圆形或卵状椭圆形。因其花色艳丽,花姿楚楚动人,在一池碧水中宛如冰肌脱俗的少女,而被人们赞誉为"水中女神"。莲的花语是纯洁、高高在上、不谙世事、纤尘不染。

此作品由"绿,韵意人生"设计

花材 睡莲 西伯利亚百合
巴西叶 散尾

步骤

① 以西伯利亚百合为中心花，加入巴西叶组成一束。

② 继续加入西伯利亚百合和巴西叶。

③ 交叉加入睡莲和巴西叶，使之不重叠。

④ 在花束后面加入散尾叶造型。

⑤ 用帕斯纸与报纸包装整个花束。

⑥ 用硬纸增加包装的层次感。

⑦ 系上紫色花结，作品完成。

温馨小贴士：

菊花栽种得最多之处是墓地，
因为欧洲的传统文化认为菊花是墓地
之花，如果做客或送人的话，此花是
万万不可携带的。在拉丁美洲，菊花
也有"妖花"之称。用菊花扫墓如同
用玫瑰表达爱情一样。

此作品由"绿，韵意人生"设计

花材

黄菊花　巴西叶
灯苔　勿忘我

步骤

① 用六朵黄菊花组成一束，加入巴西叶作修饰。

② 加入勿忘我，注意层次搭配。

③ 在花束的后端加入灯苔。

④ 用两种不同颜色的帕斯纸包装花束，注意层次搭配。

⑤ 再以同类纸横向包装，增强包装效果。

⑥ 系上麻线花结，插上勿忘我和灯苔作修饰。

⑦ 作品完成。

富贵竹又名叶仙龙血树，为百
合科龙血树属观叶植物；富贵竹代
表意义：花开富贵、竹报平安、大
吉大利。

此作品由"绿，韵意人生"设计

花材

黄莺　香水百合
小鸟　粉玫瑰
富贵竹　巴西叶

步 骤

① 以香水百合为主花，用巴西叶和黄莺搭配，注意层次的搭配。

② 重复以上动作，继续呈阶梯形加入以上花材。

③ 将粉玫瑰和巴西叶加在花束外侧，注意层次的搭配。

④ 在花束的后面添加多根富贵竹，同时加入几枝小鸟，注意造型的调整。

⑤ 以黄色硬纸和报纸作为背景包装。

⑥ 外围也同样用黄色硬纸和报纸包装。

⑦ 用唐棉果作花结，系在花束上，作品完成。

手捧花的正确握法是小指应
与拇指同侧，将花紧紧夹住，如
此就可以把花束固定住，不至于
乱摇动。

此作品由"绿，韵意人生"设计

花材

黄莺　跳舞兰　唐棉果
太阳菊　黄剑叶
小雏菊　水竹叶

步骤

1. 以三朵太阳菊为主花，用黄莺作修饰组成花束。

2. 将太阳菊呈阶梯形加入，同时加入黄莺稍作修饰。

3. 将唐棉果、跳舞兰、水竹叶、黄莺、小雏菊也呈阶梯形加入，注意层次的搭配。

4. 继续加入水竹叶，使其呈现出高低不同的层次感。

5. 将黄剑叶稍作修饰，添加在周围。

6. 将黄色硬纸和地图纸平放，将花束置于其上，左右两边扎紧；用玻璃纸包装花梗，用以保湿；以浅黄色纸和地图纸修饰下端收尾处。

此作品由"绿，韵意人生"设计

倾听花言花语:

天堂鸟，原产于非洲南部好望角，当地黑人把它视为"自由、吉祥、幸福"的象征。

此作品由"绿，韵意人生"设计

花材

相思豆	西伯利亚百合
石竹梅	西草
天堂鸟	富贵竹

步骤

① 以西伯利亚百合作主花，加入西草作修饰。

② 继续加入西伯利亚百合，并将相思豆和石竹梅加在作品的外层。

③ 将天堂鸟和富贵竹呈阶梯形加入。

④ 用玻璃纸包装花梗，并把蓝色硬纸和白色硬纸重叠在桌面上，将花束置于其上打好包装。

⑤ 用黄色硬纸和彩色玻璃纸收尾。

⑥ 系上用白色粗纱做成的花结，作品完成。

百合花保养：将花枝散开，使之透气，并将基部3～5厘米剪除，插入水中，水平面以下的叶去除。花朵开放时即将花蕊摘除，以免花粉不小心沾到衣服上不易清洗。添加漂白水或保鲜剂可延长花期。想要提早开花可插入温水中。

此作品由"绿，韵意人生"设计

花材
春兰叶　剑兰
石竹梅　香水百合
黄莺　巴西叶

步骤

① 以香水百合作为主花，加入黄莺和巴西叶作修饰，组成一花束。

② 呈阶梯形加入黄莺和香水百合，注意之间的层次搭配。

③ 继续呈阶梯形加入香水百合和黄莺，同时用巴西叶作修饰，并在花束中添加石竹梅。

④ 在作品底部加入春兰叶。

⑤ 加入剑兰丰富作品。

⑥ 用玻璃纸包装花梗，用以保湿；将蓝色硬纸和黄色硬纸重叠放在桌面上，把花束置于其上进行包装。

⑦ 系粉色蝴蝶结，作品完成。

花材 黄莺 金鱼草
满天星 粉玫瑰
香槟玫瑰

① 用粉玫瑰和黄莺搭配组合，形成花束。

② 呈阶梯形加入香槟玫瑰，每一层保持同一水平线，注意层次搭配。

③ 在花束中加入金鱼草，并添加满天星作修饰。

④ 先在第一层用淡黄色绵纸包装花束。

⑤ 外层用卡通纸包装整束花。

⑥ 用粉色韩纱系上花结，作品完成。

花材
巴西叶　粉玫瑰
西草　水晶草

步骤

① 用三朵粉玫瑰和西草相结合组成花束。

② 将粉玫瑰、西草、水晶草呈阶梯形加入，注意之间层次搭配。

③ 将巴西叶稍作修饰呈阶梯形加在作品外围。

④ 用玻璃纸包装花梗用来保湿，同时以玻璃纸包装整个花束，再将粉色硬纸和粉色绵纸放在桌面上，将花束置于其上进行包装。

⑤ 将粉色硬纸放在桌面上，将花束置于其上进行包装，再将粉色绵纸包装在花束外围，用粉色纱带系好，作品完成。

花材　绿剑叶　黄莺
相思豆
西伯利亚百合

① 以西伯利亚百合为主花，用黄莺作修饰，组成一花束。

② 继续将黄莺和西伯利亚百合呈阶梯形加入。

③ 在花束后面添加几片绿剑叶，花杆位置用透明胶带绑好。

④ 把相思豆加在花束的一边注意层次的搭配，用胶带扎紧。

⑤ 用玻璃纸包装好底部，以棕色硬纸作为背景包装。

⑥ 以橙色硬纸和棕色硬纸包装尾部，用金黄色丝带做成花结扎在适当位置，并插入绿剑叶作修饰。

圆形花束包装

此作品由"绿，韵意人生"设计

玫瑰花保养：为预防花头弯曲的折头现象产生，可将芝基斜切，以报纸包妥花叶，整把浸入水中吸水。已发生折头现象，在温水中削去基部，插入 pH3.5～4.5 的保鲜液中即可恢复。整理时可将外层松散的花瓣去除，插入水中的刺、叶去除，为防细菌感染伤口，应使用漂白水或保鲜剂。

花材

黄剑叶　水晶草
粉玫瑰　红玫瑰
相思豆　巴西叶

步骤

1 将粉玫瑰与水晶草固定在一起，组成花束。

2 以螺旋式包法在外围加一层粉玫瑰。

③ 加入巴西叶衬托。

④ 再加入一层水晶草。

5 外层补加一层红玫瑰。

6 填充相思豆，用黄剑叶造型。

7 用天蓝色钻边纸包装，系上珠链即可。

花艺师语录：

圆形花束包装区分层次从以下三点着手：第一，注意颜色搭配，内浅外深；第二，从材质上，绵纸和手揉纸以及纱网的质感都是不同的，使用不同材质的包装材料组合包装也会产生层次感；第三，在包装方式上，采用多层包装或是用多层皱折的方式处理一下包装纸再包。

此作品由"绿，韵意人生"设计

花材

西草 睡莲
勿忘我

步骤

1 用睡莲、西草和勿忘我组成花束。

2 在外层再加一圈睡莲和西草。

3 依次加入西草、睡莲和勿忘我组成圆形花束。

4 用玻璃纸包住花梗，用以保湿。

5 用蓝色瓦楞纸包装整束花。

6 以紫色粗纱修饰边框。

7 在外层再加入一层彩色瓦楞纸。

8 系上紫色花结，作品完成。

满天星：花朵纯白、饱满、不变黄，分枝多，盲枝少，茎干鲜绿、柔软有弹性。象征喜悦。

此作品由"绿，韵意人生"设计

花材

黄莺　粉玫瑰
满天星　巴西叶

步骤

1　用三朵粉玫瑰与黄莺组成一束。

2　继续加入粉玫瑰和黄莺组成一个较大的圆形花束。

3　在外围加入一圈满天星。

4　在满天星的外围加入一圈粉玫瑰。

5　在外围加入黄莺和巴西叶。

6　用裙边纸包装整个花束。

7　系上花结，作品完成。

康乃馨，大都分代表了爱、魅力和尊敬之情，红色代表了爱和关怀。粉红色康乃馨传说是圣母玛利亚看到耶稣受到苦难流下伤心的泪水，眼泪掉落的地方长出的康乃馨，因此成为了不朽母爱的象征。

此作品由"绿，韵意人生"设计

花材 巴西叶 红色康乃馨
黄色康乃馨 满天星

步骤

1 以一朵黄色康乃馨为中心，在周围
加入巴西叶，组成一个小花束。

2 依次加入红色和黄色康乃馨，用巴
西叶进行修饰。

3 继续分层加入，使花型美观。

4 最终使花束成圆形结构。

5 用雪花纱包装整个花束。

6 最后加入雪花纱做成的花结，
作品完成。

温馨小提示：

　　送花小常识（一）：热恋中的男女，一般送玫瑰花、百合花或桂花。这些花美丽、雅洁、芳香，是爱情的信物和象征。给友人祝贺生日宜送月季和石榴，这两种花象征着"火红年华，前程似锦"。祝贺新婚，宜用玫瑰、百合、郁金香、香雪兰、非洲菊等。至于新娘捧花，适当加入几枝满天星，将会更加华丽脱俗。

此作品由"绿，韵意人生"设计

步骤

1. 以西伯利亚百合为主花和情人梅组成花束。

2. 螺旋式加入红玫瑰，并适当添加天门冬。

3. 在花束中加入春兰叶，使其弯曲下垂，为作品增添美感。

4. 在外层加入满天星作修饰。

5. 将下垂的春兰叶弯曲造型，固定在作品底部。

6. 用玻璃纸包装花束底部，用蓝色卷纸包装花束整体。

7. 以蓝色粗纱包装外围，用粉色细纱带做花结，拿粉色丝带系紧。

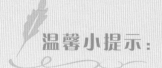

温馨小提示：

送花小常识（二）：节日期间看望亲朋，宜送吉祥草，象征"幸福吉祥"。

夫妻之间可互赠合欢花。合欢花的叶长，两两相对，晚上合抱在一起，象征着"夫妻永远恩爱"。朋友远行，宜送芍药，因为芍药不仅花朵鲜艳，且含有难含难分之意。对爱情受挫折的人宜送秋海棠，因为秋海棠又名相思红，寓意苦恋，以示安慰。

此作品由"绿，韵意人生"设计

花材

剑兰　黄莺　康乃馨
黄剑叶　多头康乃馨

1. 将剑兰稍作修饰作主花和黄莺一起组成花束。

2. 继续加入剑兰和黄莺，将黄剑叶弯曲造型添加在底部。

3. 加入多头康乃馨和黄莺组成圆形花束，注意层次的搭配。

4. 继续加入康乃馨和黄莺。

5. 在底部加入造型的黄剑叶组成圆形花束，用玻璃纸包装花梗，用以保湿。

6. 在外边加两层裙边纸。

7. 系上金边黄色花结，作品完成。

温馨小提示：

送花小常识（三）：给病人送花有很多禁忌，探望病人时不要送整盆的花，以免病人误会为久病成根。香味很浓的花对手术病人不利，易引起咳嗽；颜色太浓艳的花，会刺激病人的神经，激发烦躁情绪；山茶花容易落蕾，被认为不吉利。看望病人宜送兰花、水仙、马蹄莲等，或选用病人平时喜欢的品种，有利病人怡情养性，早日康复。拜访德高望重的老者，宜送兰花，因为兰花品质高洁，又有"花中君子"之美称。

此作品由"绿，韵意人生"设计

花材

白玫瑰　勿忘我
西草

步骤

① 将三朵白玫瑰用玻璃纸
修饰后作主花，加入西
草组成花束。

② 继续在外围呈圆形加入
白玫瑰和西草，注意层
次的搭配。

③ 在玫瑰外层加入勿忘
我。

④ 再依次呈圆形加入西
草。

⑤ 用玻璃纸包住底部花梗，
用以保湿。外层用白色
绵纸包装整个花束。

⑥ 为体现包装的层次美感
再用蓝色绵纸包装整个
花束。

⑦ 用白色粗纱包装花束后
系上蓝色蝴蝶结，作品
完成。

花材

满天星　大红玫瑰
相思豆

1　用三朵大红玫瑰和满天星组成一束。

2　螺旋式加入大红玫瑰。

3　再在花束外围添加相思豆。

4　以粉色粗纱包装，用金色扎带扎紧。

5　在上面添加修饰品，下面用金色扎带修饰扎好。

6　在花柄上装饰粉色纱带，同时点缀上相思豆，作品完成。

步骤

① 用三朵睡莲组成一束。

② 加入多朵睡莲组成圆形花束。

③ 在外围加一圈满天星。

④ 用裙边纸包装整个花束。

⑤ 系上花结，作品完成。

春兰叶　黄莺
水仙百合　黄玫瑰
香槟玫瑰

步骤

② 层次均匀地加入香槟
玫瑰和水仙百合，用
黄莺作修饰。

③ 继续在外围加入半圈水
仙百合，用黄莺稍作修
饰，注意花要放平。

④ 把春兰叶稍作修饰加
入花束作点缀。

① 将十一朵黄玫瑰和黄
莺组成一花束，用黄
莺作修饰。

⑤ 在内层用玻璃纸作整
体包装。

⑥ 用黄色纱包装外围，
再用黄色纱带系上花
结，作品完成。

步骤

① 将睡莲稍作修饰作为
主花，小雏菊和天门
冬作修饰组成花束，
注意它们之间的层次
搭配。

② 继续加入睡莲、天门
冬和小雏菊组成圆形
花束。

③ 为使内容丰富继续加
入睡莲、天门冬。

④ 将巴西叶稍作修饰和
小雏菊加在花束外
围，组成圆形花束。

⑤ 加入春兰叶，在花束
上面形成网状，作修
饰。

⑥ 在春兰叶上加带针珠
子丰富作品造型。

⑧ 用蓝色硬纸收尾并用
金色扎带系紧，完成
作品。

⑦ 用玻璃纸包装花梗，
以蓝色硬纸包装整个
花束。

花材

西伯利亚百合
春兰叶　粉玫瑰
西草

1. 以两朵西伯利亚百合为主花，加入西草作修饰，组成花束。

2. 在花束外围呈圆形加入粉玫瑰，加入西草作修饰，注意花束层次之间的搭配。

3. 继续在外围加入粉玫瑰和西草。

4. 呈圆形加入巴西叶作修饰。

5. 将春兰叶稍作修饰加入，用绿色玻璃纸包装花梗用以保湿。

6. 用粉色粗纱包装整个花束。

7. 系上粉色花结，作品完成。

步骤

1　将七朵红玫瑰呈圆形插入手柄的花泥中。

2　再将几朵红玫瑰补加在手柄上，注意将红玫瑰插成半球型。

5　将春兰叶呈网状插入花束作修饰，作品完成。

4　加入勿忘我点缀花束。

3　加入天门冬使作品更加饱满。

果篮和卡通娃娃花束包装

花材

红色康乃馨
香水百合
黄莺

步骤

① 用苹果、香蕉、葡萄和哈密瓜组成精美果篮。

② 先插入两朵香水百合,确定主花位置。

③ 以百合为中心呈半圆形加入红色康乃馨。

④ 添加黄莺,作品完成。

步骤

② 继续加入粉玫瑰将礼盒
插满，用彩色棉带将卡
通娃娃绑在一起。

③ 将满天星和春兰叶
插入礼盒。

① 将卡通娃娃和粉玫瑰
插入礼盒的花泥中。

④ 在盒子周围绑上银
色丝带，并把礼盒
盖搭在一角作点缀，
作品完成。

花材

卡通娃娃
喜洋洋糖果

① 将三个喜洋洋糖果组成
一束。

② 呈阶梯形在糖果上方加
入三个卡通娃娃，两者
和谐搭配，使造型完美
独特。

③ 用黄色绵纸作底，后边
加入一层卡通纸作为外
包装，将黄色绵纸包在
前侧。

④ 用珍珠链将金黄色
花结绑在花束下端，
作品完成。

卡通花束！点染你的生活，丰富你的思维，满足你的个性伸展。或典雅内敛，或明快张扬，或清纯多姿，或艳丽妩媚，它是玩偶和花的完美结合。

此作品由"绿，韵意人生"设计

花材　卡通娃娃

步骤

① 用三个娃娃组成一束。

② 加入多个娃娃，中间加不同的娃娃点缀，注意层次搭配。

③ 用彩色硬纸包装娃娃。

④ 外围加一层绿色瓦楞纸。

⑤ 系上花结，作品完成。

卡通娃娃花语（一）：

1个代表：你是我的唯一；2个代表：让我们长相厮守；3个代表：我爱你；5个代表：你是我的福星，爱你无怨无悔；6个代表：事事顺利，快乐相随；7个代表：勿忘我，相遇是缘；8个代表：恭喜发财，大吉大利；9个代表：天长地久，恩爱相守；10个代表：十全十美。

此作品由"绿，韵意人生"设计

步骤

① 将卡通娃娃稍作修饰，组成一束。

② 呈阶梯形加入戴安娜和西草，注意西草起分层作用。

③ 加入戴安娜、西草、水仙百合，注意层次的搭配。

④ 呈阶梯形加入西草、蛇鞭菊，把两张粉色硬纸放在桌面上将花束置于其上包装，外围用粉色韩纱包装。

⑤ 在花束包装上系金色丝带。

⑥ 在花束底部用白色珍珠链绑上卡通娃娃，完成作品。

卡通娃娃花语（二）：

此作品由"绿，韵意人生"设计

花材

大红玫瑰　卡通娃娃
满天星

步骤

① 将粗纱带稍作修饰，绑在花秆上。

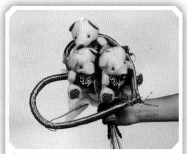

② 将卡通娃娃置于心形器材中绑成一束。

③ 将修饰好的粗纱带与娃娃系到一起。

④ 将大红玫瑰固定在娃娃一侧。

⑤ 将满天星点缀在娃娃花束中。

⑥ 在娃娃花束上扎上粉色纱带。

⑦ 将羽毛包装在心形器材上，作品完成。

图书在版编目（CIP）数据

时尚花艺．手捧花 / 绿韵园林绿化工程有限公司花艺部著．
沈阳：辽宁科学技术出版社，2010.5
（都市实用插花系列）
ISBN 978-7-5381-6354-4

I．①时… II．①绿… III．①花卉装饰—装饰美术 IV．①J525．1

中国版本图书馆 CIP 数据核字（2010）第 037197 号

出版发行：辽宁科学技术出版社
　　　　　　（地址：沈阳市和平区十一纬路 29 号　邮编：110003）
印　刷　者：湖南新华精品印务有限公司
经　销　者：各地新华书店
幅面尺寸：210 mm×285 mm
印　　张：6
字　　数：30 千字
印　　数：1~6000
出版时间：2010 年 5 月第 1 版
印刷时间：2010 年 5 月第 1 次印刷
责任编辑：众合
封面设计：攀辰图书
版式设计：攀辰图书
责任校对：王玉宝

书　　　号：ISBN 978-7-5381-6354-4
定　　　价：36.00 元

联系电话：024-23284376
邮购热线：024-23284502
E-mail：lnkjc@126.com
http：//www.lnkj.com.cn
本书网址：www.lnkj.cn/uri.sh/6354